하늘다람쥐

시인의 말

동심은 어린 아이의 마음이다
그래서 티 없이 맑고 순수하다

사람은 누구에게나 동심이 있다
나이가 들어갈수록
마음의 고향 즉 동심을 그리워한다

어린이는 꽃 중의 꽃이다
예쁘고 향기가 있어
벌, 나비 모여 드는
정말 예쁜 꽃이다

꿈을 가진 어린이는
어떠한 경우라도(어려움이나 슬픔이 있어도)
잘 견디어 낼 수 있다

잘 성장하여
청년이 되고 어른이 되면
이 나라의 기둥이 되고 주인공이 된다

또한
저마다의 위치에서
우리들의 보호자가 될 것이다

윌리엄 워즈워스는 <무지개>란 시에서
"어린이는 어른의 아버지"
라고 했듯이 말이다

동심을 찾고자 하는 시인은
어린이 여러분들이
너무도 귀엽고 사랑스럽다

이 동시집 한 권이
여러분에게 귀히 읽히고
사랑 받았으면 참 좋겠다
또한 여러분의 소중한 길잡이가 되었으면 한다.

시인의 방에서

2018. 4. 20

제 1 부

엄마 구름, 아기 구름

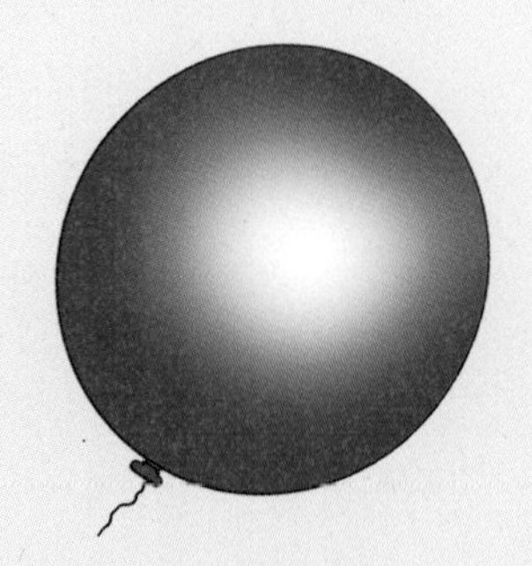

제 2 부

나비

제 3 부

바람개비

제 4 부

갈대

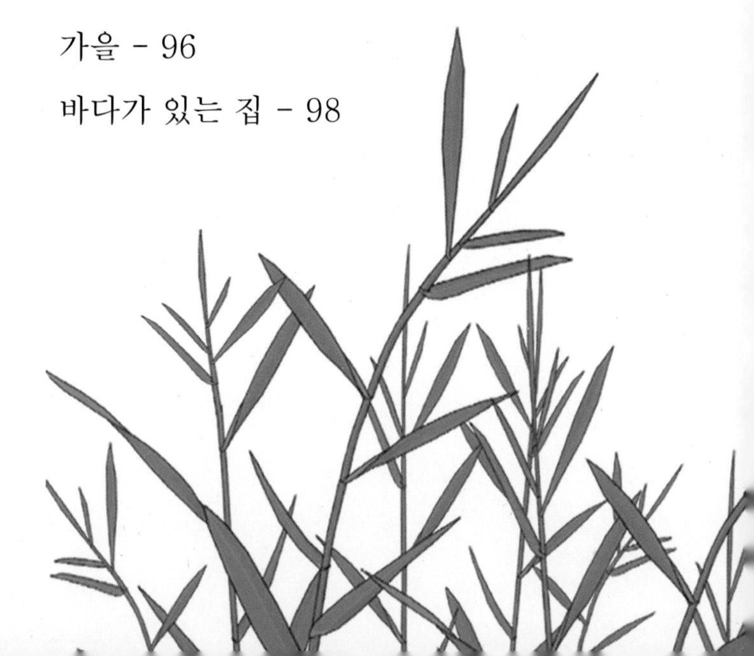

제 5 부

겨울 숲속

제 1 부

엄마 구름, 아기 구름

달은

보름달은
피자 한 판

반달은
피자 반 쪽

누구랑 같이
먹을까요

할머니와 외손녀가
맛있게 먹지요.

엄마 구름, 아기 구름

엄마 구름
아기 구름이
그네를 타요

엄마 구름 밀 때는
힘껏 밀고요
아기 구름 밀 때는
살살 밀어요

엄마 구름 아기 구름
신이 나서
하늘 위를 둥둥 날아요

엄마 구름은 호호호
아기 구름은 까르르
바람이 영차, 영차
다시 밀어요.

월출산

하늘 향해
손짓하는 뾰족한 돌산

구름보고
쉬어 가라지만

바위 끝에 앉아
졸고 있는 잠자리

쉬이!
그 고운 꿈 깰까 봐
구름은 가만히 돌아서 간다.

초승달

파란 하늘에 걸린
바나나

감을 따듯이
발을 높이 들고
장대로 휘저으면

바나나는
구름 속에 숨고

푸른 별들이
'요놈' 하고
빛 화살을 쏘네.

컴퓨터

책상 위에 앉아 있는
컴퓨터

오빠는 그 속에
푸욱 빠져 있다

나는
안중에도 없는 걸 보면

그 속에는

분명 나보다

더 좋은 게 있나 보다.

해

아침 일찍
누가
띄웠을까

붉은 애드벌룬 한 개
산등성이에
떠올랐다

누구나
가슴에
희망을 품으라고

높이
떠 있는
부푼 꿈.

술래

하늘의 은하수
어디 숨었나

푸른 별 하나
술래 되어
은하수 찾는다

구름 속에
꼭꼭 숨은 별

술래는
밤새도록 별을 찾다가
아침에야 스르르 잠이 든다.

하늘다람쥐

월식*이다

하늘다람쥐는
무척
배고팠나 보다

레 미제라블**이
빵 한 조각
훔치다 들킨 것처럼

그도 몰래
달을
갉아 먹고 있다

저런, 들키면
어쩌려고.

*월식(月蝕) : 달이 지구의 그림자 속으로 들어가서 가려지는 현상.

**레 미제라블 : 프랑스 빅토르 위고의 소설 / 레 미제라블의 뜻은 불쌍한 사람들 / 아버지가 없어서 추위에 떨며 굶주리고 있는 일곱 조카들, 그들을 위해 한 조각 빵을 훔친 장발장은 19년 동안 감옥에서 지내고 가석방 되지만 전과자로 세상으로부터의 배척과 멸시에서 벗어나지 못한다.
그 후에 미리엘 주교의 고귀한 사랑으로 새 사람이 된다.

풍선

바람을 먹고
배가 통통해진
풍선

이제
하늘까지
올라가 볼까?

그곳에서
천사도, 하나님도
만날 수 있을까

하나님을 만나면
일용할 양식도 없는 이웃
'어떡하면 좋을까요'
물어보고 싶어서

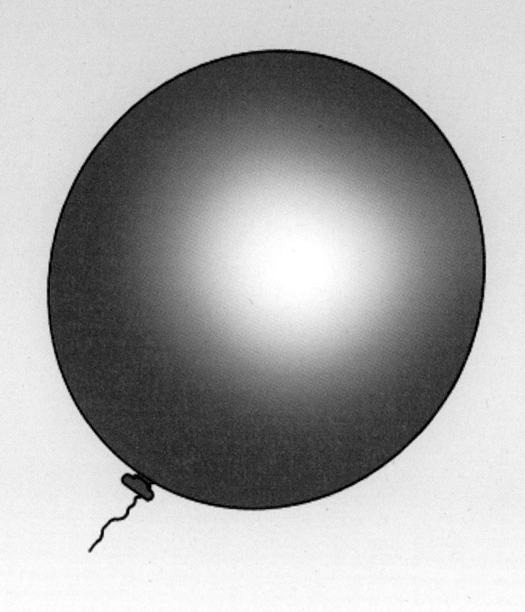

하나님께서
“네가 돕거라”
말씀 하시면

난 어찌해야 하나
바람만 먹은 나도 빈 주머니인데
지금 궁리중이다.

닭섬

-천리포 해수욕장에서

썰물 때 그 곳은
조개와 바지락을
잡을 수 있는 곳

호미 들고
신이 난 아이들

돌멩인지
조개인지
찾지 못하고

자갈 깔린 섬에서
하루 종일 웃음 줍던
철없는 아이들.

엄마가 뿔나면

엄마가 뿔나면
찬바람 쌩쌩 불고

그 바람은
집안을 온통
뒤죽박죽 만든다

엄마의 사랑을
시베리아로
데려 갔나 보다

엄마가 뿔나면

난

강아지처럼 꼬리를 내리고

동생은

손이 닳도록 빈다

바람아, 바람아

엄마 사랑을

도로 가져다 놓지 않으련

우리 집

다시

사랑 꽃 피울 수 있게.

숲에서

또로롱, 또로롱
맑은 물소리

쪼로롱, 쪼로롱
방울 새소리

물소리, 새소리
모아서
합창을 한다

아가도, 엄마도
어느새
또로롱, 쪼로롱.

우주

하늘에는 구름 배
바다에는 조각 배

우리 모두
구름 타고 하늘을 날아 봐요
조각 배 타고 바다를 건너 봐요

넓고 높은 하늘도
깊고 넓은 바다도

우주는
내 안에 있어요.

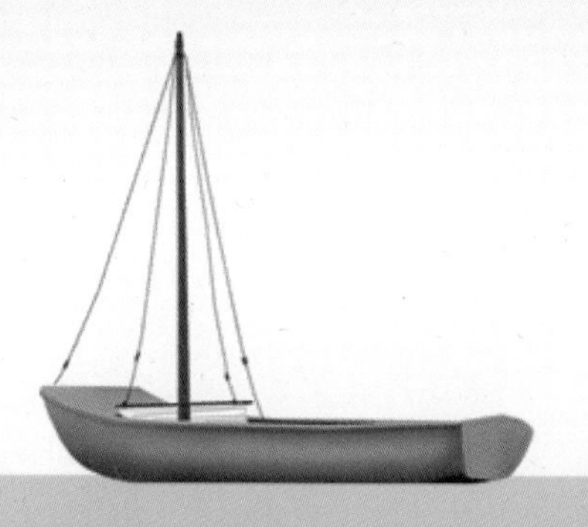

자동차

아침이면
엄마는 부웅부웅
아빠는 빠앙 빵

건널 목 앞길에서
소리칩니다

성질이 나면
삿대질도하고
큰 소리로 욕도 합니다

내가 먼저라니까
아니야 내가 먼저라니까

씩씩거리는 자동차
아침부터 숨이 찹니다.

파리의 습관

무엇을
잘못했을까

싸~악 싹
손발로 비는 파리

변기통에 앉았다가
반찬 위에 앉았나 봐

주인이
파리채로
사정없이 쫓아내니

넉살좋게
다시 와서
싸~악 싹 빌고 있다.

제 2 부

나비

개나리 1

파란 세상에
노랗게 피어난 개나리를 보고

태양이 말했네
"내가 없으면...?"

바람도 말했네
"아니야 내가 없으면...?"

물이 또 말했네
"내가 없으면...?"

세상이 또 말했네
"너희들 중에
하나만 없어도 나는 없는 거야."

개나리 2

울타리에
노란 나비 떼

참새는
이 소식 전하느라
신이 난 아침인데

소식 듣고
문을 여니

벌써
노란 개나리는 가고
연둣빛 나비만 남아 있네.

찔레꽃

너의 품속에는
무엇이 들어 있니?

벌들이
들락거리는 걸 보면

그 속에는
분명
달콤한 것이 들어 있을 거야.

나무의 출산

나무는
불끈 힘을 준다

온 몸이 붉어지고
땀이 흥건하다

“조금만, 조금만 더”
힘을 주라고
주위에서 말을 한다

봄을
세상에 내 놓는 일

어디
그리 쉬운 일인가.

봄

나무들이
물을 흡수하는 소리

화단에
꽃잎 피우는 소리

벌과 나비도
덩달아
바빠진다.

조팝나무

햇빛이
팝콘을 튀겨요

팝콘이
여기저기서
톡, 토오옥

바람이 건드렸나 봅니다
하늘에는 온통
팝콘뿐이네요

봄 동산에서
엄마랑 친구랑 손잡고
함께 먹을 거예요.

고목

-경기전 매화

봄을 알리는
새들의 축하 노래
이어지는
수줍게 화사한 봄길

몇 십 년 동안
봄을 알리는
매화꽃 피우다
허리가 굽었다

기상나팔도 없는
소문난 아침

새봄의
젖 냄새 맡고
벌들이 모여 든다

노년에 얻은

옥동자

이 한량없는 기쁨.

나비

나비는
하루 종일
바쁘기도 하지

꽃잎에 앉았다가
풀잎에 앉았다가

꽃향기
풀냄새
좋아하나 봐

아니, 아니
보고픈 옛 친구
천리 길 마다 않고 찾아다니지.

기다림

베란다 화분에
고추 일곱 그루를 심고
물과 거름을 준다

햇빛도
바람도
놀다 가는 창가

벌써 하얀 꽃이
몇 개 피었다

나는
기린 목을 하고
그곳을
하루에도 몇 번씩 드려다 본다

어느새
꽃잎이 떨어진 그 자리엔
고추가
아가처럼 웃고 있다.

휴가

열대야의 밤

자다 깨다 자다 깨다
아침이 오고

땀방울은
얼굴에서, 등에서
미끄럼 탄다

엄마랑 아빠랑
함께 손잡고
냇가로 가서
불볕더위 빠뜨리면

찰방찰방
시원한 물소리
여름은 잘도 달린다.

피서

-동상계곡에서

나뭇잎은 초롱초롱
아이들 눈빛 같다

맑은 물소리가
아이들을 부르고
신이 난
아이들은
물소리를 부른다

아기 구름이 보트를 타면
산새들도
함께 타고 노래를 한다

입술은
조스바 아이스크림처럼 새파래져도
보트를 쉬이 놓지 못하는 아이들.

열대야

선풍기도
잠 못 드는 밤

오른쪽 왼쪽으로
고개 돌려 봐도
밤늦도록
더위는 풀무질을 한다

주인도 잠 못 들고
별 하나 나 하나
밖에 나와
별을 세지만

별들도
깜빡깜빡
잠들지 못한다.

민들레

민들레아가씨
어디 갔을까

제비할미
목련 할미
그리워하더니

소리도 없이
어디 갔을까

길가의
외로운 할미들
웃음 주려고
놀러 갔나 봐.

제 3 부

바람개비

아기 방

배고프다고
응애응애

똥 쌌다고
응애응애

울음소리 가득한
아기 방

엄마 젖 물리고
기저귀 갈아주면
눈물 소리 뚝 그쳐요

달달한 젖 냄새

새록새록 숨소리 가득한

아기 방.

예쁜 짓

5개월 된
하별이

할머니가
좌로 우로
고개를 흔들면
갸우뚱 갸우뚱
해말갛게 웃으며 따라 해요

그걸 보고
다시 따라 하다가
할머니도
아기가 되어요.

하별이

뽀로로를 좋아하는 아이
뽀로로 텐트 안에서 논다

할미보고
들어오라 손짓 한다

하마보다
더 큰 몸 구부려
그 속에 들어가면

무엇이 그리 좋은지
한참을
참새처럼 짹짹짹

어느새
세 살 박이 된 나.

기분이 안 좋아

세 살 박이
외손녀 하는 말

- 할머니, 기분이 안 좋아
- 왜 안 좋은 데
- 할머니가 안 놀아 주니까

하별이랑
같이 놀아주면
기분이 좋아질 것 같아

할머니는
금세
어린 하별이가 된다.

흰떡과 하별이

떡이 탱글탱글
외손녀 볼도
탱글탱글

떡이 쫄깃쫄깃
외손녀 말하는 입도
쫄깃쫄깃

떡의 참기름 냄새
고소한
하별이의 침샘.

옹알이

외손자가
옹알이를 한다

할머니가
- 엄마, 아빠 하면
- 옹알옹알

할머니가
- 하랑아 하면
- 옹알옹알

뭐라고 말하는 걸까
그 소리가 궁금하다.

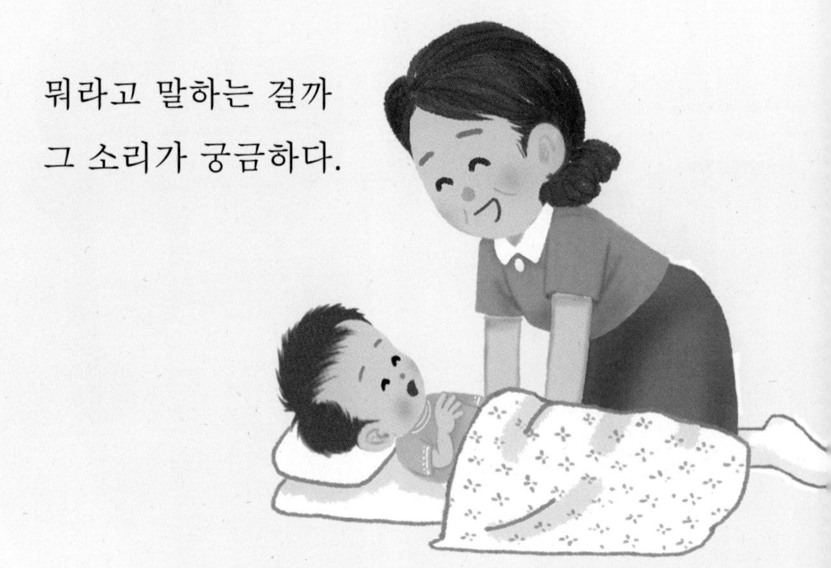

구십일 된 하랑이

90일 된 하랑이에게
미리 짜 놓고 간
젖을 먹이려니
젖병을 빨지 않으려 한다

젖은 젖인데
벌써
감각을 안 것일까.

엄마의
부드러운 젖꼭지를.

바람개비

어린이 집에서
바람개비를
만들어 주었나 보다

집에 오자마자
그 개비를 들고
선풍기 앞으로 간다

바람개비가 돌아가자
신나서
손뼉을 친다

바람이 불어야
개비가 돌아가는 것을
잊지 않은 하별이.

붕붕카 놀이

베개 붕붕카 위에
하별이를 태운다

붕붕붕
앞으로 당기고
뒤로 밀면

싱글벙글
신나고
재밌어 한다

운전사 할미도
덩달아 웃는다.

쪽쪽쪽, 우리 가족

아빠는
내가 예쁘다고 쪽쪽쪽

엄마는
동생이 예쁘다고 쪽쪽쪽

나는
라면이 맛있다고 쪽쪽쪽

내 동생은
사탕이 맛있다며 쪽쪽쪽

아빠도 쪽
엄마도 쪽
나도 쪽
동생도 쪽

재미있는
우리 가족
쪽쪽쪽 가족.

집 떠난 아들

홀로
집을 떠난
아들 녀석

얼마나
외로웠으면
강아지를 키울까

써니와
쟈니를 품고
응가도 치우며
목욕도 시킨다

엄마도
나 이렇게 키웠지!

엄마 사랑을
이제야 쪼끔 알았나 보다.

막내 삼촌

나 어릴 적
막내 삼촌은
나를
무척이나 사랑했나 보다

내 귀에
중이염이 걸려
고름이 나도,
역겨운 냄새가 나도
웃으며 염증을 닦아 주셨다

크면서
중이염은 나았지만

지금도
내 귀를 만질 때마다
삼촌의 사랑이
귓가에 맴돌며 메아리친다.

사춘기

윤아에게
사춘기가 왔나 보다

말도 잘 안 하고
불러도 대답이 없다

예쁜 꽃이 피려면
몸살을 앓는 것처럼

윤아도
더 밝고 환하게 피려고
겪고 있는
아픔일 게다.

제 4 부

갈대

갈대를 보며

내가 너만큼 컸더라면
우리 엄마
소원 이루었을 텐데

내가 너만큼 날씬했더라면
우리 엄마
웃음꽃 피었을 텐데

키가 좀 작으면 어때,
몸이 좀 통통하면 어때
건강하면 그만이지

말은 그렇게 했어도
엄마 눈에서는
언제나 네가 있었지.

구름

뭉실한
하늘의 꽃구름

구름들을 바라보면
마음이 하얗고
내 몸도 둥둥둥

구름들아, 너희는
바람이 시킨다고
흩어지면 안 돼

그렇게
줏대 없이 살면
너희를 뜬구름이라
할 거야.

바람

바람은
장난꾸러기

잘 빗은 머리카락
흩트려놓고

길 가는
내 치맛자락도
들추어 보네

바람은
심술꾸러기

불난 집
불난 산에
부채질 하더니

어느새
비구름도 몰고와
빨랫줄 위로 지나가네.

사진

한 번 찍어
걸어 놓으면

평생을 두어도
그대로다

너는 언제나
나의 꽃

비록
틀 안에 갇혀 있어도
영원한 스마일 꽃.

산행

헉헉대며
오르막길을 오르면

올라간 만큼
하늘이
반기며 내려온다

내가
하늘이 그리운 만큼
하늘도 내가 그리운가 보다

조심조심
내리막길 내려오면

내려온 만큼
하늘이
힐끔거리며 올라간다

내가 하늘을 아쉬워 한 만큼
하늘도 내가
아쉬운가 보다.

아가씨

오, 아가씨!
가방 메고
뾰족 구두 신고
어딜 가시나

엄마, 아빠 일터에 두고,
어린 동생 놀이터에 두고
어딜 가시나

혹,
뻥뻥이가 기다리는 빵집에?
찌질이가 기다리는 찻집에?

느티나무 푸른 계절에
바람이 부른다고
따라나서면 안돼.

나무

나도 이제
날개를 달 거야

바람과 별이
도와 줄 거야

푸른 날개를
달고

별보다 더 높은 꿈
꾸어 볼 거야.

바닷가에서

모래사장은
은빛 도화지

사랑한다.
하트모양 그리면
발자국도 따라 그려요

밀려오는 파도는
지우개

쏴~아 쏴~아
그 모양을
순식간에 지워 버려요.

호수

호수는 거울이다

예쁜 입도
미운 코도
그 안에 비추는 걸 보면

나무들도
구름도
나그네도
비추는 걸 보면

맑은 날엔
호수를 닦지 않아도
환한 거울.

비 오는 날

창밖에
이슬방울이 맺혔어요

비 오는 날에는
창문도 슬플까요
나처럼

얼룩진 얼굴 볼 때마다
마음에
물방울이 스며들어요

마음까지 젖어서
일어나지 못할 것 같아요

오늘 밤은 꿈속에서도
비
비
비가 내릴 것만 같아요.

가을

하늘 한 번 보고
파란 시 한 줄 쓰고

국화 한 번 보고
하얀 마음 한 줄 쓰고

가을 산 단풍보고
울긋불긋 한 줄 쓰다 보면

어느새
노을이 따라와서
마지막 시 한 줄 쓰고 있어요.

바다가 있는 집

우리집에는
이사 온 날
아빠가
바다를 옮겨왔다

거실 앞 바다는
파도도 몰고 오고
바다 내음도 있다

조개, 소라, 전복 등은
화단 울타리를 지키고 있다

내 꿈이
그 안에서 파랗게 자라고 있다.

제 5 부

겨울 숲속

겨울 숲속

개구리도
곰도
긴 겨울잠을 자는데

옷을 벗은 나무는
춥지 않을까

앙상한
나뭇가지의 산새는
춥지 않을까

햇빛이 가만히
숲속을 들여다본다.

양파

망 속에 넣어
걸어 둔 양파

달랑
전기장판 하나 켜고
겨울을 지내신 할머니처럼

달랑
망 하나 걸치고

추운 날을 견뎌
싹을 틔웠다.

겨울에도 피는 장미

장미가 철없이
얼굴을 내민다

낮 기온
20도가 넘는 1 월말

마치
제 계절인 양 피었다

겨울에도
따뜻한 가슴 속에선
꽃들이 피어난다는 것을

나는 그때야 비로소 알았다.

크리스마스 선물

크리스마스 선물이
벌써
우리 집에 도착했다

내가
좋아하는 빨간색 장갑

앞으로 착한 일
많이많이 하라고
주는 걸까

장갑 속에
산타크로스 사랑이
따뜻하다.

소원

땅도 꽁꽁
물도 꽁꽁
나도 꽁꽁

겨울처럼
얼어버렸나 보다

찬 공기 속에
죄도 없이
고개 숙인 나의 시

이제
봄의 숨결과 함께
화사하게
피어났으면 좋겠다.

눈 오는 날 1

나무들이
하얀 면사포를 쓰고
단체 결혼식 하나 봐요

숲속 나무들이
모두가
신부가 되었어요

여행은
어디로 갈까

아이들은
몇이나 낳을까

온 밤을 지새우는
하얀 꿈이
산속을 덮어요.

눈 오는 날 2

앙상한 나뭇가지에
목화 꽃이
금세 송이송이 피었다

목화 꽃을 따서
이불솜을 만들던
할배 얼굴이 그립다

솜털같이 따습고 밝은
할미 얼굴이 그립다.

눈 오는 날 3

강변의 해오라기
춥지도
않은가 봐

물속에 발 담그고
스르르 녹는 것을
콕콕 찍어 본다

꼬르륵 소리에
정신을 차린
굶주린 해오라기

몇 번을 실패하다
겨우
물고기 한 마리 덥석 물었다.

눈 오는 날 4

쌀가루가
온 세상을 덮었다

지붕 위에도
들판 위에도

굶주린 이에게
넉넉한 아침

세상이 따뜻해서 좋다
새들도 날개 짓이 점점 빨라진다.

눈 오는 날 5

눈꽃송이
혀끝에 닿자마자
삽시간에 녹는다

무슨 맛일까

차고 하얀 것,
사르르 녹는 것

나뭇가지나 지붕 위에도
쌓아 두지만

해님이 나타나
먹보처럼
냠냠 먹어 버렸다.

눈 오는 날 6

기역자로 허리 구부려
눈을 쓸고 있는
경비실 아저씨

그 눈보라 맞으며
하루 종일
허리 펼 시간도 없다

눈 내리면 쓸고
또 내리면
또 쓸고

아파트 주민들
넘어질까 배려하는 마음
핫 팩처럼 따뜻하다.

경비

휙 아저씨

두꺼운 잠바를 입은 아저씨
그 옷을 벗어서
휙~~~
차 좌석에 던진다

겨우내 따뜻하게 해 주었더니
고마움도 모르고
휙~~~

휙~~~
아무렇게나 벗어 던진

그런 사람이
겨울에 또 나를 찾으면
난
어떻게 해야 하나

동장군이 머물 때만 해도
날 제일 먼저 챙기던 아저씨

창밖 화사함에 반했나
갑자기 창문을 열더니
껴입던 조끼도
휙~~~
차 좌석에 던진다

난 오늘
무슨 잘못을 한 걸까

이렇게
푸대접 받는 기분
너는 아니?

선인장

작년에
얼어 죽은 선인장
관리 못한 내 잘못이다

올해 다시 심어
일찍부터 거실에
모셔 놓았다

며칠 전부터
붉은 벨 울리더니
예쁜 꽃잎을 열었다

이제 막
얼굴을 내밀고
치아를 드러내며 웃는다.

친숙함, 친근감을 느낄 수 있는 동시

안 도
* 아동문학평론가

요즈음은 TV, 인터넷, 핸드폰 등이 아이들 눈과 마음을 빼앗아 버렸다. 아이들 마음이 이렇게 온라인 세상에서 바싹바싹 메말라가고 있는 데도 불구하고 동시 쓰기를 고집하는 시인이 있다. 그는 나무에게 말을 걸고, 바다 속 생물들, 길가의 꽃과 나비들에게도 말을 툭툭 던진다. 그리하여 마침내 자연 속을 꼼꼼히 헤집는 어부가 되어 손으로, 눈으로, 마음으로 따서 동시란 그물에 담는다. 동시인 구순자가 그런 시인이다.

구순자는 바다를 건지는 어부다. 그가 바라보는 자연 속에서 살아가는 생물들은 모두 사람처럼 말을 하며 웃고 운다. 나무가 발가벗고 일광욕을 하고, 꽃 조개는 토라지면 입을 꼭 다물고, 잠을 잘 때에는 저도 몰래 혀를 쏘옥 내민다. 구순자의 동시는 대상을 가만히 들여다보는 골똘한 눈이요, 존재의 속살을 세밀하게 그려내며 멈추지 않는 몸짓이다.

> 햇빛이/팝콘을 튀겨요
> 팝콘들이/여기저기서/톡, 토오옥
> 바람이 건드렸나 봅니다/하늘에는/온통 팝콘 향
> 봄 동산에서/엄마랑 친구랑 손잡고
> 함께 먹을 거예요. <조팝나무>

조팝나무를 보고 햇빛이 팝콘을 튀긴다고 했다. 작고 하찮은 것들일지라도 시인은 거기에서 눈을 떼지 않는다. 치밀한 관찰과 간절한 기다림 끝에 비로소 얻어지는 그의 동시는 그에 걸맞은 세심하고 감각적인 시어를 찾아낸다. 한 편의 시가 어떻게 세상의 경이로운

기미들을 읽어내고 우주적 열림의 순간을 경험하게 하는지를 보여준다.

망 속에 넣어/걸어 둔 양파
달랑/전기장판 하나 켜고/겨울을 지내신 할머니처럼
달랑/망 하나 걸치고
추운 날을 견뎌/싹을 틔웠다. <양파>

망 속에 걸어둔 양파가 추운 날 견디고 싹을 틔웠다. 달랑 전기장판 하나 켜고 겨울을 지내신 할머니처럼 달랑 망 하나 걸치고 싹을 틔웠다. 자연과 멀어져 사는 요즘 아이들에게 생명력을 알려 주며 가난한 할머니의 애틋함도 맛보게 한다. 현실의 이면을 들춰내 눈앞에서 보듯 세세하게 묘사했다.

나무들이/하얀 면사포를 쓰고/단체 결혼식 하나 봐요
숲속 나무들이/모두가/신부가 되었어요
여행은/어디로 갈까
아이들은/몇이나 낳을까
온 밤을 지새우는/하얀 꿈이/산속을 덮어요. <눈 오는 날>

위 동시는 눈을 나무들의 면사포로 은유하여 숲속 나무들이 모두 신부가 되었다. 그리고 여행은 어디로 갈까? 아이들은 몇이나 낳을까? 온 밤을 지새우는 하얀 꿈이 산속을 덮었다는 신선한 발상은 자연 현상을 인간 사회로 치환시켜 표현한 좋은 작품이다. 억지스럽지 않고 자연스럽다. 모든 자연 현상을 인간의 모습과 비유하여 발상하는 특유한 동화적인 기법으로 자연스럽게 자연을 인간과 가깝게 끌어 들인다.

월식이다

하늘 다람쥐가/무척/배고팠나 보다
레 미제라블이/빵 한 조각/훔치다 들킨 것처럼
하늘다람쥐도 몰래/달을/갉아 먹었다
저런, 들키면/어쩌려고. <하늘다람쥐>

달이 지구의 그림자 속으로 들어가서 가려지는 월식을 하늘다람쥐가 갉아 먹는다고 표현했다. 그리고 레 미제라볼이 빵조각을 훔쳐 먹다가 들킨 것처럼 들킬까봐 걱정을 한다. 구순자의 동시는 동심의 길에 들어선 독자들을 마중한다. 동시작가에겐 어떤 방향으로 자기 시세계를 밀고 나갈 것인가에 대한 나침반이, 동시 독자들에겐 감상의 즐거움을 일깨워주는 좋은 길동무가 될 것이다

엄마가 뿔나면/찬바람 쌩쌩 불고
그 바람은/집안을 온통/뒤죽박죽 만든다
엄마의 사랑을/시베리아로/데려 갔나 보다
엄마가 뿔나면/난/강아지처럼 꼬리를 내리고
동생은/손이 닳도록/빈다
바람아, 바람아/엄마 사랑을/도로 가져다 놓지 않으련
우리 집/다시/사랑 꽃 피울 수 있게. <엄마가 뿔나면>

가족 안에는 사랑도, 아픔도, 웃음도, 슬픔도, 아쉬움도, 기대도, 서운함도 다 있다. 시인은 <엄마가 뿔나면>을 통해 가족의 따뜻함을 담으려 했다. 가족이라는 울타리 안에서 만날 수 있는 다양한 모습들을 자연스럽게 담아낸다. 동심으로 바라보는 엄마의 뒷모습은 '가족' 이라는 메시지를 던져준다

무엇을/잘못했을까
싸~악 싹/비는 파리
변기통에 앉았다가/반찬 위에 앉았나 봐
주인이/파리채로 사정없이 쫓아내니
넉살좋게 다시 와서/싸~악 싹 빌고 있다. <파리의 습관>

<파리의 습관>에는 마치 한 편 동화를 읽는 것처럼 이야기가 있다. 그리고 생물들이 저마다 지니고 있는 개성이 있다. 시인에게는 어린 시절 미물들을 보며 아직도 잊혀 지지 않는 것이 있다. 그리고 세상의 미물들도 우리와 똑같은 마음을 지녔다고 생각했다. 파리들은 백해무익한 곤충에 해당한다. 변기통에 앉았다, 반찬에 앉았다, 구질한 냄새를 찾아다닌다. 그렇기 때문에 자기 잘못을 뉘우치고 언제나 손발로 싸~악 싹 빌고 있다. 교훈 속에 재미가 있다.

나무는/불끈 힘을 준다
온 몸이 붉어지고/땀이 흥건하다
"조금만, 조금만 더 힘을 줘."/주위에서 말을 한다
봄을/세상에 내 놓는 일이
어디/그리 쉬운 일인가. <나무의 출산>

봄을 나무들의 출산이라고 했다. 작은 생명의 힘으로 우주를 안는 커다란 시인의 생명력이 우리들의 힘찬 생명력으로 살아 숨 쉬게 한다. 구순자의 시세계는 따스한 사랑으로 지구촌의 생명을 안은 반가운 편지요, 시이다.

하늘에는 구름 배/바다에는 조각 배
우리 모두/구름 타고 하늘을 날아 봐요
조각 배 타고 바다를 건너 봐요
넓고 높은 하늘도/깊고 넓은 바다도
우주는/내 안에 있어요. <우주>

하늘에는 구름 배, 바다에는 조각 배, 우리 모두 구름 타고 하늘을 날고 조각 배 타고 바다를 건너보면 우주는 내 안에 있다고 했다. 비유가 새롭기도 하고 자연스럽다. 구시인의 동시는 어느 것을 읽어도 친숙함, 친근감을 느낄 수 있다.

파란 하늘에/걸린/바나나
감을 따듯이/발을 높이 들고/장대로 휘저으면
바나나는/구름 속에/숨고
푸른 별들이/'요놈' 하고/빛 화살을 쏘네. <초승달>

<초승달>은 푸른 별들이 '요놈' 하고 빛 화살을 쏜다는 상황으로 자연을 해석하고 있다. 초승달을 자세히 관찰한 세밀한 관찰력이 돋보인다. 파란 하늘에 걸린 바나나는 초승달을 자세히 관찰했을 때 유추해낼 수 있는 표현이기 때문이다. 구순자는 평범한 자연을 우리들의 일생생활의 시선으로 바라봄으로써 공감력을 갖은 동시를 빚고 있다.

구순자 시인의 동시세계는 비교적 다채로운 빛깔을 띠며 층위가 두터운 경향을 보인 가운데 전개되었다. 생활공간과 낭만적 동심을 다룬 시, 자연의 숨결과 현실인식을 보여주는 시, 유쾌한 상상력과 즐거운 동심을 다룬 시 등을 통해 그 간에 구축한 시인의 동시궤적을 구명해 볼 수 있다.

구순자는 또한 꾸준히 동시 영역을 확대하기 위해 연구 정진해 온 시인이기도 하다. 이번 그의 첫 번째 동시집에서도 극명한 시인의 개성과 빛깔을 보여주었다. 뚜렷이 짚어지는 시적 언어가 한껏 날카롭다는 점과 유쾌하면서도 푸근하고, 말맛이 우러난다는 점이다.

그의 동시세계가 향후 또 어떤 방향을 잡아갈 것인지 필자 또한 자못 궁금한 부분이다. 동심 특유의 맛과 멋을 살린 새로운 그의 동시세계가 물꼬를 터가기를 바란다.

구순자 동시집
하늘다람쥐
펴낸날 : 초판인쇄 2018년 4월 20일

지은이 : 구순자
그린이 : 김충경

펴낸이 : 백성대
편　집 : 김충경

펴낸곳 : 노문nomoon
출판등록 : 2001. 3. 19. 제2-3286호
주　소 : 서울시 중구 마른내로72(인현동)
전　화 : (02) 2264-3311-2
팩　스 : (02) 2264-3313

이메일 : nomunsa@hanmail.net

ISBN 979-11-86648-18-6

이 도서의 국립중앙도서관 출판예정도서목록(CIP)은 서지정보유통지원시스템 홈페이지(http://seoji.nl.go.kr)와 국가자료공동목록시스템(http://www.nl.go.kr/kolisnet)에서 이용하실 수 있습니다. (CIP제어번호 : CIP2014033091)

*이 시집 발간비 일부는 전라북도 문예진흥기금 지원을 받았습니다.
*값은 표지 뒤에 있습니다.